KB008498

송화 현몽

송화 현몽

1판 1쇄 발행　2023년 4월 25일

지은이　최태진

발행인　이선우

펴낸곳　도서출판 선우미디어

등록 | 1997. 8. 7 제305-2014-000020

02643 서울시 동대문구 장한로 12길 40, 101동 203호

☎ 2272-3351, 3352 팩스: 2272-5540

sunwoome@hanmail.net

Printed in Korea © 2023. 최태진

값 13,000원

※ 잘못된 책은 바꿔 드립니다.

※ 저자와 협의하여 인지 생략합니다.

ISBN 978-89-5658-730-1 03810

송화 현몽

최태진 시집

선우미디어 sunwoomedia

차례

1부 집 잃은 달팽이

2부 황소눈물

3부 누이

1부

집 잃은 달팽이

구두야 쉬엄쉬엄 가자

굽이 높은 구두
앞이 뾰족한 검정 구두
흰색 구두 운동화 세 켤레
엷은 졸음 한낮의 요순 신발장

구색 맞출 신발이 있기까지는
이민 보는 3년
더러는 5년이 돼서야 풀었다는
고국 떠나온 뒤안길이 엿보인다

5년까지는 아니었어도
이민봇짐 처음 풀어본
서울 명동 製靴 새 구두
구두 밑창 들떠 아연실색

그때는 그랬었지
하늘 아래 구름 먼 땅
쪽잠 자며 목마르게 헤맨
등 휠 것 같은 삶의 무게를
휘청거리던 발걸음 구두는 안다

높았던 이질 문화의 벽
내 무거운 삶의 동반자
고루한 일상 뒤의 晩春
구두야 이젠 쉬엄쉬엄 가자꾸나.

집 잃은 달팽이

여린 달팽이가 집을 잃었다
저항 방법이라곤 전무한데
표정은 늘 그렇듯 웃는 얼굴이다

천연덕스럽게
부끄러운 줄 모르고
두렁두렁 고갯짓하는

그러는 너를 본
빼어 닮은
어린 소년의 어두운 그림자

잡은 손마저 풀린 풀섶 숨바꼭질
이슬 마른 잿빛 화약 냄새
허기지고 귀했던 국어 교과서

그중 힘들었던 기억은
의지할 곳이 없었던
집 잃은 외로운 달팽이였다는 것

아내는 삼식밥을 짓고
아들은 장가가고 딸 사위 손녀 손주
배려 치유 세상 인복 많은 삶이여

넘쳐흐르는 감사의 눈물
가슴 훙건해지는 연민 감회
지금의 그대는 무른 달팽이어라.

국적을 초월한 사랑

빙글
술잔이 원판 위에 돈다
낚시터, 사업, 깊은 산속
술잔 멈춘 지점은 해외 이민이었다

파라과이가 지구촌 어디에 있는지
일가친척 친구 극구 만류 뿌리치며
걸음마 떼기 어린아이 앞세운 무모함
농업이민 구실로 정착한 열대의 나라

작열하는 남극의 태양 후덕한 민심
자연이 베풀어준 축복 늘 감사하며
남의 불행 방관하지 않는 국민성
본능적 배려심 동정 베푸는 민족이었지만

집 떠나온 이방인에겐
한구석 비어있는 허전함
더 나은 곳을 찾아서 재이주
천혜의 땅이라는 아르헨티나에 안착

아들딸은 짝을 만나 분가를 하는데
파란 눈 사위 갈색 머리 현지인 며느리
예절 문화차이 느끼면서도 마음은 하나
동서양 먹거리 화기 미소가 집 안 가득하다.

그래도

가파른 언덕
내리막길을 달리고
처량하게 앞만 바라보면서
고독한 질주가 데려다준
한적한 작은 마을
그제서야 목마름 시장기 느끼지만
길이 있기에 길 감이 앞서는
기대와 설렘의 4천5백여Km

사납게 흐르는 에메랄드 계곡물
절경의 산 비탈길 굽이굽이 돌아
철새도래지 조용한 호숫가 언덕
이슬 마른 초장 팔베개 누워 바라본
눈 앞에 펼쳐진 현란한 별들의 향연
아~
아름다움만이 멈춰진 고요함이여
태어나서 한평생 머물다가는 인생길
40번 국도 여행길 느낌만 같다면

만나고 헤어지는 필연 관계
지평선을 넘으면 또 다른 지평선

치열한 발품을 팔아야 하는
하루하루 고달픈 날들의 연속
그래도
원하는 꿈길을 지금 내가
살아서 가고 있다면 행복이 아닌가.

봄이 오는 소리

기다림은 목마르다
애가 탄다
나라마다 사납기 그지없는
폭풍에 진리가 쓰러지듯
어제는 후안 파블로
오늘은 안토니오, 미겔리토
하루 수백 수천의 박쥐 魂
생명록에 점을 찍는다

넉동 다 가는 동안
요란하던 도시가 잠잠하고
태양에도 녹지 않을 友誼
속수무책 묵묵부답이오만
내 오직 벅찬 기대로
풍경 있는 바다에 누우리다

지난날 우리 한때
조금 어긋나더라도
좋았네 거참 잘한다
싫어하는 기색 없이
끄덕 끄떡 그렇게 즐기지 않았소

물설고 낯선 이방인의 언 마음
흰머리 이고 갈 골 깊은 길이지만
지난날 큰물에 놀자 하고
덩치 큰 고래도 보았던 것처럼

내일 새롭게 태어날 해동의 소리
곧 다가올 장밋빛 소리
귀 기울여 소곤소곤 이야기하리라
생동맞이 봄이 오는 소리를.

슬픈 곱사등 바위

많은 인파
녹음 짙은 관광지
거칠게 훼손된
검은 곱사등 바위 하나

그 바위 위에는
천박한 삶 뿌리내린
어림잡아 삼백 년
고송 한 그루

현대라는 체요 사회는
무념무상
고송 바라기 고진감래
곱사등 바위의 침묵

멋스럽다
기이하다
이 풍진 세상
굽어진 꼽추 노송에만 경의를.

꿈은 유효기간이 없다

세상
저절로 좋아지는 날 없단다

꿈은
정년 유효기간이 없다는 말이다.

선구자

굼뜬 첫인상 낯은 설고
외국어에 턱없이 밀려드는
절망감은 왜 그리도 컸었는지
해가 뜨는가 싶으면 어느새
거대한 남극 폭염이 엄습
특유의 색깔 냄새 소리
저마다 힘찬 맥박이 뛰는
고통과 역경
훌륭한 삶의 시험장 이민사회

넋 잃고 바라본
잡초만 무성한 새로운 생활 터전
부풀었던 꿈 상실한
냉혹한 현실
황혼 속 내 집으로 향하는
휘청거리는 맥 빠진 발걸음
일들의 안배
머릿속에 정리해 보던
번개처럼 스쳐지나는
오늘에 이른 감동의 한 페이지

먼 훗날
후세대들의 안식처
고생 설움은 1세대 만족
한국어 우리말 노래지어 부르는
황무지에서 옥석을 캐낸
이민 선구자

성공한 한국인 출세 성공담은
아내로서 동업자로서
후견인으로 묵묵히 감내한
기억해야 할
아들딸 낳아준 아내의 평화적 수단
서울의 한 지역을 그대로 옮겨다 놓은
한국엄마 뚝배기 밥상
고국 향취 물씬거리는 부에노스아이레스
고유민속춤 아리랑 탱고 춤
어우러진 진면목 한인밀집지역 정착촌

불가피한 한 줌 아쉬움은
스페인어를 모국어인 양 말하는
젊은이들에 향해진 안타까움

하지만
부모 못지않게 마음고생 한
참모습 대견하고 자랑스럽다

보라
모든 것이 생소한 황무지에서
우리는 이렇게 일구었고
굽힘이 없는 어깨 힘
열심으로 일구어 가꾸며
민족의 우월함을 인정받고 있지 않은가

탱고, 꺼지지 않는 이민자의 불꽃

부에노스아이레스 라 플라타 강
탱고의 발상지 라 보카 항구
배 한 척 들어오지 않는
독특한 이색적인 연안부두

노랑 청색 고동색
빛바랜 양철 바람막이 집
허름한 카페, 식당, 선물 가게
귀중품, 장식품, 생활필수품을
식생활 수단의 골동품 상회

정돈 안 된 인도와 자동차길
밝은색이라고는 볼 수 없는 낡은 간판 사이로
전설의 탱고 가수 카를로스 가르델
빈민가의 우상인 프란시스코 교황
축구 신동 디에고 알만도 마라도나
아르헨티나가 낳은 유명인 사진이 걸려 있다

히틀러 패망 2차 세계대전 종식 후
리투아니아, 유고슬라비아, 이태리, 폴란드
동서유럽 피난민들의 남아메리카 신드롬

항구 라 보카로 몰려온 배고픈 이방인들
과거와 현실의 한을
외로움 그리움 딱한 처지를 나누며 녹이며
감미로운 장단, 리듬을 만들어냈겠지

가난에서 예술의 싹이 트이고
환경의 지배를 받으며 터득한
그들만의 창의적인 여유로움이
윤기 나는 머리 단정한 신사
편안한 외출복 서민들까지도
서로 반겨주며 거리낌이 없이
누적된 심신의 피로를 풀어놓고
맘껏 끼를 흥을 돋우는 춤사위

정곡을 찌르는 반도네온 연주
애련한 감정 느린 동작 밀롱가
흥겹고 발 빠른 리듬의 탱고
잘 추고 못 추고를 떠나서
남녀의 체온이 달 듯 말 듯
당기고 밀치며 감기는 애련의 탱고 춤은
가던 발걸음 멈추는 거리의 즉흥 공연은

그리 밝지 않은 가로등 불 아래서
깊어가는 밤 아랑곳없이
지치거나 멈출 생각을 않는다

유희와 낭만을 발산하는 춤사위
신들린 경지에 흠뻑 빨려들어
참으로 많은 시간이 흘렀다
귓전을 맴돌아 눈에 저장된 유형들
탱고의 발상지 라 보카의 느낌은
반세기 전 한인농업 이민 선배들의
눈물에 젖고 땀이 밴 재래식 농기구
맷돌, 키, 호미, 낫 등이 진열된
'라 마르께' 농장 이민전시관이 떠올라
숙연한 마음 저려 손끝까지 아려온다

라 보카여, 탱고여
녹록하지만 않았던 삶의 외침이여
오래도록, 아니 영원히
이민자의 꺼지지 않는 불꽃이어라.

늦깎이 철이 드는 길목에서

아하! 멋져
내 평생 철들지 않을걸
이대로라면 여한이 없겠다는
나만은 그토록 그렇게
만족할 줄을 알았었지

방해나 왜곡하지 않는
사서도 한다는 고생은
내게 주어진 영광의 상처
그렇게 울고 웃었기에

정작 때가 되어서 맞이한
농익은 단감인 줄을
그런 줄을 알았는데 오늘
왠지 모를 마른 바람이 인다

노란 잔디 떼 봉분이 눈에 들고
왜 그랬을까
마음에 낙엽이 지는 오늘에서야
가슴을 두드리며 후회할 일인 걸

거짓 증언하지 말 걸
아내에게 살갑게 대할 걸
아들딸에게 따듯한 응원해 줄 걸
다정한 친구 만나자는 말이라도 전할 걸
따듯한 밥 한 끼 대접할 걸
속 보이는 핑계 삼지 말았을 걸
늦깎이 철든 아둔한 나의 걸 걸.

숙제

땅이 넓어지지도
그렇게 될 수도 있을 수도 없겠지만
작은 동산 어느 한구석 헐벗은 산이 없는
36년 만의 고국 방문 눈에 비친 금수강산

긴긴 여름 지난
녹색에서 연갈색 물드는 2015년 9월
가을을 재촉하는 바람 산과 들이
4계절 다사롭고 풍요로운데

어느 길목에서 문득
한민족끼리의 수치
비무장지대 평화공원을 떠올려 본다

어느 날 우연히 일궈진 부국이 아닐진대
풍진 속세의 꿈이 이뤄진다면
더 이상 꿈이 아닌
남과 북이 화답의 장을 이루기 위해서라도
심금 울리는 동포애
형제의 열망의 시
그림 그리듯 강하게 메시지 담아

까치 다람쥐 거침이 없이 뛰어 건너고
뛰어서 돌아올 수 있는
한민족이 손잡고 풀어야 할
헐어야 할 정치 이념의 벽
마음 아픈 부끄러운 남과 북의 숙제.

은빛 바다

보석처럼 반짝이는 모래알
에메랄드빛 푸른 바다
해안 도시 말 델 뿔라타
사납게 성난 파도가
무섭게 방파제를 두들겨 팰 때에도
너의 화남엔
무방비로 맞으며 그저 웃고 말지

괴산 절벽은 아니어도
검은 바위산 녹색 주조
간결한 소나무 숲
누구의 보살핌 없이
홀로 피운 정열의 꽃
연인들의 상징인 꽃
절벽 위 적황색 선인장꽃

햇살에 뿌려진
신비로운 바다 말 델 뿔라타
은빛 유혹 뿌리치지 못해
홀연히 투신한
전설의 여류시인 알폰시나

메마른 영혼
비 한 방울의 촉촉함
마음 깊숙이 스미는
은비늘 햇살 당신께
나는 혼을 내어주겠소
내 지금 이대로 굳어진
불변 석고상이고 싶어서.

일출

몇 광년 협곡 파타고니아
밀림 속 신기루 빙하호수
시간이 멈춘
자욱한 호수 위 새벽 물안개
어둠의 사이로
작은 배 띄우는 선비만의 신비 세계

전망 좋은 절벽 호사스런 집
새 아침 붉게 솟아오르는
깊은 산속의 서광을 바라보면서
토암산에서 여명의 일출을 보면
행운을 얻는다는 10대의 꿈
석굴암 솔밭 비탈진 오솔길
떡갈나무 산행을 기억하게 한다.

깊은 잠에 취해있는
신비의 비쟈 페우에니아 산장
시류에 오염되지 않은 채
켜켜이 묵은 자연산 풍치
평온의 유목민 정착지
그곳에서만 볼 수 있다는

산봉우리 붉게 솟아오르는
그날의 일출 의미는
거듭 꿈을 펼쳐보는
매우 고무적인 해돋이였다.

서양 명월이

FACRA 회원 ANA 시인
자석에 빨려드는 듯
가까이 서둘러 다가가는
요염한 자태와 해맑은 미소

내공 쌓인
그녀의 맑고 청아한 낭송시
모인 회원 모두가 고무되는
에메랄드 눈빛 선한
서양 명월이 금발 시인 ANA

내 비록
잠시 맘 둘 방랑 시인이오만
필묵 괴나리봇짐 풀고
그대와 더불어 오롯이
고적한 월광독서
동동주 잔 채워 취해 보고 싶소

양로원 할머니

생면부지 첫 만남이었지만
손 맞잡는 순간
눈빛, 움직임만으로
이미 많은 것 알았네

부여잡은 손끝에 전해오는
식어가는 할머니의 체온
누군가 옆에만 있어 주면
피할 수 없는 기다림의 시선

창밖 낯익은 목소리
주변은 야단법석 피워도
표정 달라질 수 없는
가슴 무너지며 다가오는 슬픔

따듯한 말 한마디 오가는 온정
무연고 양로원 작은 식탁
눈가를 스치는 진한 아쉬움
눈 이슬 촉촉한 양로원 할머니.

보이지 않는 동행

여명의 새 아침
밝아오는 거대한 도시의 하루
밟아도 밟은 만큼
낯설어지는 남의 땅에서
빵과 구운 고깃배 부르기까지는
이순시온 현지인 집 마당에 수북이 쌓인
아무도 거들떠보지 않는
훌륭한 가난의 양식이었던
나무에서 떨어지는 만나
향이 좋은 노란 망고 열매를 잊을 수 없다

불안이 목을 태워
얼굴까지 검어지던 파라과이이민
불볕에 검은 아스팔트가 녹는 망연자실 현장
망고나무 그늘 아래에서
알파가 들려주는 폴카 낭만에
혼미해지는 남미 특유의 열대 토속 향유
천근 걱정 잠 못 이루는
나 위해 준비된 축복이었다고
남들이 다 그렇다 하니까
따라서 웃고 속맘은 어둡고 무거웠지

눈동자까지는 풀지 못했어도
어깨짐 그렁그렁 내려놓을 수 있었기에
더 나은 삶을 찾아 재이주할 수 있었던
천혜의 땅 아르헨티나 낯선 이방 마당에서
내가 굴린 바퀴에 눌려
식은땀 폐 안까지 젖을 때
방황하는 내 영혼 붙박이 삼아 맞이해 준
거대한 도시
못 믿겨 매여있던 묵은 이민 보를 풀게 한
연안도시 부에노스아이레스

연을 맺은 금발 사돈 서글서글한 파란 눈의 백년지객
잘 익은 살구색 이방인은 폭신한
솜이불 보금자리 대리만족
그리고 내가 다시 태어나고
나의 피붙이가 태어난 도시에서
마땅히 먼 길까지
뜻 이뤄 한맘 한뜻 모아 함께 할 기쁨을
누군가 보지 못하는 감미로운 행복을
신대륙이란 광야에 다양 각색
다채로운 가능성의 꿈을 지핀다

스페인어를 차려 먹었어도 토해낸 배설물은 모국어지만
혁명의 외침 오월 광장 평화스러운 비둘기를 바라보면서
아르헨티나의 대문호 호르헤 루이스 보르헤스의 걸작
혁신주의 문학사상을 받아먹고 향유하는 노경 이방인은
"아르헨티나여 나의 죽음을 슬퍼하지 마세요"
미혼모, 소외당한 자, 빈민가의 국모 에비타
33세 젊은 나이에 생을 마감한
영부인 마리아 에바 두아르테 데 페론
그 시절의 고마움을
거듭거듭 기억하는 현지인 배려문화에 익숙해진다

어느새 흘러온 이민 반백의 해
180여 해 역사와 전통을 자랑하는 카페 '토르토니'
고즈넉한 실내 공간에서 원두커피 마시던 감미로운 추억과
푸념과도 같은 반도 네온 탱고 음률에 취해 비틀거리던 젊은 날
코리엔테스 넓은 대로를 함께 거닐던 옛 친구를 그리워하면서
오늘과 지난날의 무한 감사 다가올 순풍의 돛 올리는 꿈을 꾼다

낭만과 예술과 애증의 도시 부에노스아이레스여
나에 이 멈추지 않는 용광로 불꽃 같은 꿈이여
거대한 도시의 일상이여

지금 이 순간 쿵 짝 쿵 짝 신기한 심장 박동 소리는
다시는 깨어나기 싫은 나에 특별한 감정으로
나의 영혼까지 망설임 없이 내어주는
도시의 파수꾼일 것을 내 거듭 다짐하노라

돌이켜보면
내가 슬피 땅에서 쓰러질 때
몸소 땅을 딛고 일어서게 한 동행
미처 예기치 못한
눈물겨운 고맙고 대견스런 기적
베일에 가려져 함께 한 동행은
바로 내 안에 잠재한 외로움이었다.

땅에서 쓰러진 자 땅을 딛고 일어나라

칠흑 장맛비 시장기 도는 정오
어두운 터널을 벗어난
젊은 날의 기억이 흑백 영상 보듯 눈앞을 스친다

여보!
돼지기름에 바짝 구운 녹두빈대떡
뽀얀 막걸리 한 상
당신하고 주거니 받거니
애증의 지난 이야기 안주 꼭꼭 되씹어보는
산해진미 부럽지 않을
오늘이야말로 적격인 날인 것 같소

내 잘못으로 가난하게 태어나진 않았지만
노후에까지 끔찍한 가난을 짊어지지 말자
재난 사고에도 끄떡없이 견뎌낸 뒤안길엔
밥은 굶어보았어도 남의 것 탐내본 적은
내 기억으론 없지만 만약
삶을 거절할 반환점이 있었다면
그 방법 택했을
남에게는 보여줄 것이 없는 부끄러운
눈물비에 젖은 멍 자국뿐이요 여보

그렇지만 우리의 바람
출가하여 가정 이루고 일익을 감당하는
자랑스런 아들아! 딸아!
부디, 부모님 걸어온
춥고 배고픈 가시밭길 밟지 않기를
해학이나 철학으로 마음에 담지 말기를 바란다

너희 둘
부모 못지않은 마음고생 하면서도
배움 줄 단단히 굳게 잡은
전문인 되어준 완주
아비 마음 더없이 고맙고 뿌듯하단다

오늘 이 한낮 거칠게 쏟아지는 빗줄기에는
잔잔한 냉온 희열 자국 촉촉이 밀려오지만
몸 둘 곳 마련되어 있어 흐뭇하고
공허한 공간 채워 줄 이야깃거리
내게 있으니
인생 헛되었거나 실패한 것 같진 않군요
연민 감회에 젖는 참 좋은 날
그러하지요 여보

어지간히 쏟아지더니
비 갠 오후
처마끝 방울방울 맺힌 낙수
신명 나는 세숫대야 코믹연주
초혼곡이 아닌 아직은 가능성 춤사위
땅에서 쓰러지니 땅을 딛고 일어난
오늘 당신 해맑은 웃음 참 보기도 좋고
더는 바랄 것이 없네요 여보

당신과 나 젊어서
그렇게 움켜잡겠다고
가난이란 몹쓸 공간 채우리라
잠결에도 쫓고 쫓기던 일들
이제 하나둘
한구석 마음 불안까지도
오늘 가뿐히 내려놓았으니
어깨춤인들 어찌 마다하리오
낙숫물 장단에 얼~쑤.

심 쿵

부조리를 보면 참견
어려움은 도와주고
목마름에 물을 주고

백지장 맞들면
내 마음 흐뭇하지
익숙하여진 봉사 정신

그런 어느 날
뜬금없이 날아든
법원 심의 통지서

때로는 못 본 체
외면하고 지나쳐야
낭패 면하는

오감은 자극할 수 있어도
영혼 속 들어가기 어려운
심 쿵, 증언현실의 실례.

돌멩이 자동차

어느 주말 오후
사위와 8살 난 손주
장난감 실랑이를 벌인다.

아빠 차례다
아니 이번은 내 차례야
흔한 장난감이건만 한 치 양보 없다

오스트리아 겨레붙이 이태리 이민 2세
사위 어려서 장난감이 귀해
찬장 다소곳 진열된
엄마의 찬그릇은 좋은 장난감 친구였다니

생각이 난다 나 어렸을 적
개여울 모래사장에서
때꼽재기 손에 밀려 붕 붕 붕
풀섶 모래언덕을 잘도 달리던
해지는 줄 모르던 돌멩이 자동차.

2부

황소눈물

광음

무한한 우주에 던져진 소우주라 했던가
천하도 내 것으로 만들고픈
숙명적 물질만능 순환도로
파란 하늘을 우러러 수놓은
올곧은 톱니바퀴 맞물리는 편견
솔바람 소리 무게에 눌려 다스린
부와 친구 삼기 싫은 외고집
꺾지 말았어야 할
가슴 시린 추억 잊어버리려고
오늘 내가 지니고 있는
나만의 삶에 만족해야만 한다

순정녀 아내는 이방의 억척 여인
힘겨운 하루의 지조 한 묶음
돈 그게 뭐라고
안 주면 가나 봐라 선택의 여지
그렇다고 주나 봐라
점 하나 찍고 굽히지 않는
매운바람에 변치 않을 일편단심
아내의 열정 지극 불야성인데
그 속에 노니는 줄기찬 보신주의 망상

녹슨 돌쩌귀 오늘의 신음
주마등처럼 스친 공수표에 오열한다

백 년 탐낸 영양주사 하루아침의 티끌
바람에 흩날리는 한 줌의 흙먼지
홀아비 아닌 홀아비
거듭거듭 지난 세월을 돌이켜 정리하면
인생은 찰나 한순간의 광풍 광음이었네.

태어나서 소중한 것 두 가지

닭이 홰를 치고 동트는 새날에
갓난아기 울고 풀벌레가 놀라고
세상에 태어났다 하니 그런 줄 알았다

태어나서 눈에 꽂혀 내가 애타게 찾은 건
탱탱한 엄마 젖가슴
넓은 들이 푸른 줄 알았을 때
광음 폭탄이 날아들었고
다급한 비명
발 빠른 걸음 이고 진 어수선한 행렬
어른 등에 업혀 가기도 하고
소등에 업혀 가면서도
엄마의 사랑, 배고픔
그땐 두 것 다 잊고 지나쳐야 했다

머리에 모자 쓰는 일
땀 냄새
슬픔이 뭔지
외로움 고독 먼 산 한숨 익혔을 적엔
죽음이 모든 걸 내려놓으리라는
막연한 생각도 했었지만

미련이랄까 기대였을까
아님 용기가 없었을까

가진 것 아무것도 없는데
불탈 것도 없는데
내 손 안에 든
내게 다가와 나와 판 벌일
화냥년은 있으려나
야무지기는

아예 꿈도 꾸지 마
그 화냥년 내 앞에선
춤커녕 불 싸질러 태울
쓸개 빠진 년은 아닐세

사계절이 흘러가면서
그 순간은 먹어야 했고
달콤한 사랑이란 인연을 맺었겠지

세월에 노을이 지는
오늘 하루가 이처럼 아름다움은

오~ 내 곁에 있는
진정 소중한 것 두 가지
배부른 잠자리, 사랑하는 가족 울타리.

황소눈물

동트는 벌판
짊어진 멍에
해 질 녘까지 밭갈이 하루
소리 빛
세상 즐거움 뒷전
일생 기쁜 날이라곤 없이
오로지 황소처럼
꾀부림 없이
꾸역꾸역 흙에서의 삶
그렇게 살아 온
어느 어둠 깃든 날
눈가에 촉촉이 스러져
몰아 내쉬는
광음 연민
뜨겁게 달궈
뚝뚝 떨어지는 황소눈물.

시인은

시인은
잊어버린 자유
돌려받아 누리려
영웅도 아니면서
허리 칼을 찬
기마병은 더더욱 아닌
등불 밝히려는
점화 용병이기에
방황 사막을 만나고
형체 없는 바람 불고
시원한 노랫말 감흥
남성이면서 여성 심리
꼭 집어 노랫말 찾기
밤새우는 안간힘
해와 별 달 구름
가랑비 광풍
드넓은 푸른 초원
고삐 풀린 말
삼 차온 사 차온
사색 희소눈물
무한 가능하다.

침묵

가까이에 멀리 있을 때
갈등과 미움
좌우로 긴긴밤 뒤척이던
덧없는 세월
크고 작은 사소한 충돌
두루 춘풍 웃어넘기면 될걸
울고 싶을 때 흐른 반 토막 눈물
모든 것이 설렘으로
의미 있게 저만치 다가올 때엔
행인 눈길마저 외면 주는
어림잡아 한 백 년 고송
동구 밖 시연 묵객들과 이야기 벗 되리
불 꺼진 창가엔 여전 침묵
그대 홀로 말문을 닫았네.

고요한 밤

포근히 안개 가리운
희미한 수은등 불빛
잊혀가는 엷은 추억
졸음 겨워 비틀대지만

그 누구 한 사람
일으켜 부축해 주는
따듯한 동정
기대조차 하기 싫은
찬바람 이는 이국의 거리

깊은 밤의 고요는
아귀다툼의 상처라지만
애초에
시끄러움이 없었다면
고요란 있을 수 없었겠지

긴 세월의 무덤을 파고
모질게 매장한 방언들
깊은 밤
오선지에 전율하는

배반희열의 메신저
침묵하는 고요함이여.

옮겨온 미학

옮겨간 땅이 기름지다
옮겨온
땅 돌보는 정성스런 손길

이웃이 나를 내가 이웃을
옮겨간 땅에 내려놓게 한
고집스런 누른 피부 미학

마음이 무디어지기까지
내 머문 곳이 어디인지
숨 쉬고 있음을 느낄 때

외로워서 외로워 싫어지는 결핍감
차별에는 무지할 수밖에 없었던
지난날들을 뒤돌아 회상하노라면

진정시킬 수 없는 온몸 경륜
쿵쿵 쿵 솟구치는 박동 소리
푸른 하늘 은하수 고추잠자리

이민역사에 빚어진
기묘한 애물 곁가지
옮겨온 미학의 평화누리.

불씨

필연 관계 세상 사노라면
오해의 소지가 다분한
썩 내키지 않는 접근
머뭇머뭇 겸손에 체해
내가 지금
무슨 일을 벌이고 있는지
입속 혀에만 무거운 짐 지워
혼돈 중에 헤매는
난감한 경우 만나 손해 입는
예, 아니오!

세상에 점 하나 찍을
절호의 기회라는
끝없는 영웅적 감각
끝내는 재판에 걸려
생채기 난 상한 기분
오래도록 기억해야 되는
초췌한 낙오자
무엇 위해 기나긴 하루
위대한 몽상가로서
수없이 많은 힘겨루기

냉소적 미소를 지었단 말인가
익숙해진 서글서글한 이질 문화
혼성복자음으로도 대답 못한
속수무책 삼켜버린 어줍은 겸손
이름 붙일 수 없는 밀랍 모래사장
눈감으면 생각이 나는
흐르는 세월도 지우지 못한
지난날의 후회막급 불씨
예, 아니오!

어느 시월의 마지막 밤

스르르 철썩
졸음 겨워 부서지는
시간이 정지된
호젓한 해안 도시
달빛 사이로 부서지는
반짝이는 차가운 별 무리
비리치근한 이끼 낀 냄새
흰 모래 백사장
마른 억새풀 칼바람 소리
속살 드러낸 밤의 향연
지나온 많은 추억이
가까이 다시 내게 올 듯
아름다움이 기억되는
마음 수려한
넋이 되어
모래알 사연 헤집은
어느 해 시월의 마지막 밤.

양심 1

양심은 원래 하얗다는데
하얀 양심에 탐심을 품으면
밝고 하얀 양심은 가시가 돋는다네

곧은 길도 구부려 숨어들며
여린 양심 콕콕 아프게 하기에
평생 퍼렇게 멍이 든 찔린 상처 자국

이놈의 良心이 兩心인지라
초록색 하늘은 아름답다
부는 갈대 바람 내 마음 같다고 하네

이고 진
무거운 사의 늪에서 허우적거린
잠시 머물다 사라지는 인의 양심

동정 배려 탐욕 가해
알다가도 모를 이놈의 양심은
수시로 색깔이 변하는 요술쟁이다.

양심 2

동면은 길어서 좋다
잠이라도 깊이 자야지
무서운 세상

무서워라 무서워
별의별 허물
증오의 손가락질

사회라는 쳇바퀴
혼 빼어가는 너
아님 나일 수도

악의도
정의도
그도 병을 얻고

죽음 앞에선
선량해지는
정직해지는 양심

아,
미안해
부끄러워 부끄러운 사람아

거짓이 마음을 다스리다가도
잉크 물 머리에 가득히 채운
인생삼락 백수를 누리다가도

양심은
태어날 적 하얗던 마음
엄마 품 어린아이 심성을 찾는다.

심연에 들고 싶다

심연이란
순간을 영원처럼 사는 것이라는데
하루 삶이 빠르고 허무하다면서

초음파 짧은 인생
몸과 마음 호화생활에 집착
알면서도 하지 않는 죄 저지른다

명상의 공간에서 올바름 심연을 보자
혼돈 뒤의 심연은
내가 해야 할 일을 알게 하니

몹쓸 것을 쪼아내는 훈련을 하자
남의 것 말하거나 의존하지 말고
고유한 본디의 능력을 발견하자

너그럽게 남 위해 본능적 인성 눈물
보일 수 있는 무아경 맑음으로
나를 온전히 최면 거는 자유 심연

시대 흐름에서 조용히 일어나
원형이 파괴되지 않은
나만의 深淵에 들고 싶다.

야영장에서

PARANA 강 유역
낮은 언덕 야영장
찬란한 은하계가 한눈
반짝반짝 호젓한 반딧불이
구름 걷힌 솔바람이 분다

유성이 흐르는
시샘고소 고색창연한 밤하늘
도시를 벗어난 해방감
맘껏 하늘을 나는
우리 벗어난 한 마리 새이어라

하늘 우러러보면
한 점
흐트러짐이 없는 별자리
손끝 잡히는 저 별은
헤어짐의 지난날 마음 상처
사무친 그리움
조금은 알고 있으려나

궁색한 인생공부 금빛일 때
한 폭
그림으로 담아두고 싶었던
추억
반사적 충동 그 심정을.

평소 잘 알고 지내던 사람

그에 말이 거슬려
지난겨울
한차례 당혹스런 육두문자
뒤척이며 고민해봐도 황당

천 냥 빚도 갚는다는 말 한마디
눈물 씨앗이 될 수도 있는 그 말
뿌린 대로 거두게 되는 인과응보
상한 부위 생살 되려면 화해 우선
나를 낮출 자세와 실천, 용기는 필수
해 솟는 이른 아침 배꽃 눈 희소
소가 새끼를 낳는 단꿈 옛이야기

미안해
용서해줘 100% 화합의 손
저울로 달아볼 수 없는 진실
믿고 맺은 정 함께한 날들

마음이 통하던 이웃
우정으로 맺은 상생
저버릴 수 없는 신뢰

찾아가기 만나기
너무나 후덕하고 편안해진
평소 잘 알고 지내던 사람.

기적의 사랑
– 한국 아내 일본인 남편 부부 이야기

뜻하지 않은 자연재해는
지하 공사현장을 생매장
그토록 나를 아껴주던
남편의 극심한 쇼크
깨어날 수 없는 깊은 잠

병실을 지키던 어느 날이었어요
남편의 유일한 표현 방법이었을
까딱까딱
사랑의 새끼손가락 인사를 하였답니다

여인은
깜짝 반가움에 소리쳤어요
선생님!
우리 그이의 손가락이 움직였어요

서른두 해 한결같은
아내의 간병 생활

당신
곱게 얼굴 화장하라는

새끼손가락 사랑인사
신이 내린 기적의 선물.

연갈색으로 물드는 계절

'외롭다는 것
꿈이 있다는 것은
나를 뒤돌아보게 하는
강력한 힘인 것이지요'

내게 지어 준
지인의 말씨 밑거름이었네

묵은 채마밭
연두 새싹으로 돋아나
심오한 시 한 편의 꿈
행간엔 새소리 꽃 향
4연 16행 노랫말 짓기
습작에 습작
거듭거듭 조악한 시
어찌 흉낸들 내겠소만

그냥 쉬었다 가기보다는
녹색이 연갈색으로 물드는 계절
불러보고 싶은 노랫말 애착
꽃단풍 꿈일랑 멈추지 말아다오.

愚敦

꿈이란
잠재의식 속 사고

길몽 흉몽 태몽
예지몽 정몽
영몽 허몽

누구나 간직하는
야무진 꿈
어리석은 꿈

버리거나
놓아서는 아니 될
일등 꿈

꿈 많은 사람과 사람 사이
어리석고 도타운
관계는 愚敦.

한 줌의 흙

곁을 떠난 사람은 많은데
북망산천 간 친구 소식은 없고
흰 두루마기 검은 소복
북망산행 쇠금(金) 자 깃발
공원묘지도 선산 묘지도 아닌
이름 없는 야산
곁으로 몇 개의 봉분 낮은 무덤
그래도 외롭지 않은 곳에 묻혀
고이 잠들고 싶은 모종의 꿈을 꾼다

머지않은 그날이 오기 전
비밀번호 해체한
나를 묶었던 모든 끈을 풀고
거짓말처럼 축대 아래로 홀연 낙상
삶과 죽음의 강을 건넌
死者의 혼이고 싶어질 때
뉘우치고 돌이키는 참다운 인의 심성

빈 곡간 채우기 위해서가 아닌
선을 넘은 부와 명예의 유혹
날아보리 높이 더 높이

해선 안 될 여과 없이 쏟아낸 방언
목숨까지 걸어야 했던
용서받지 못할 비난과 분노
무덤까지 가져가는 존경 비겁함
종말은 북망산 한 줌의 흙인 것을.

문우가 남긴 자리

회원 모두 다 방문한
재아 문인협회 단체 카톡방 하단 옆자리
남편과 자식을 앞서 보냈지만
글동무 있기에 외롭지 않아
그렇게 의연하시더니
어느 날 홀연히 우리의 곁을 떠난
문우가 남긴 노란 알파벳
1자 하나여서 쓸쓸하고
그분
맹 작가란 생각을 하게 되니
안타까움은 더할 수밖에

지난해에는
젊은 나이에 애석하게 우리의 곁을 떠난
문우 조작가님 슬픔 가시지 않았는데
영구 귀국 재이주
고령의 나이
한 편의 글이 아쉬운
재아 문인협회 존폐 위기
기로에 놓인
안타까운 실정이 염려스럽다

인연 맺기 어렵고
헤어지긴 더욱 어려운 지구촌 이방인
돈 안 되는 글쓰기에 부단한 노력
모국어문학을 이어가기란 쉽지 않은데
모임 때에 살갑게 맞아주시던
회원님 해맑은 미소
당신의 빈자리가 오늘은 너무 큽니다.

—맹하린 시인, 소설가님 영전에

이율배반

바람소리 나무도 잠이 든 적막한 밤
창가에 걸린 무심한 주홍 달
너를 보니 잊을 것이 많아 좋구나

지니고 살고 있는 곳이 아닌
달빛 차가운 호숫가의 잔잔함이여
연민 감상 눈꽃 흐르는 고요함이여

흐르는 것이 어디 고요뿐이겠냐마는
날이 갈수록 환상덩어리 가득히 메운
광음 꿈의 세계로 빠져드는 불가사의

예기치 않은 방문이 그 작업 막는다 한들
내 기어이 영혼속으로 들어가
단단한 왕국 쿠발라 칸이 궁전을 건설
별들의 향연 밤하늘 향해 돌팔매질하리라.

민중시인 파블로 네루다

문학이 정치에 미치는 영향은 어느 위치에까지 이를 수 있을까?

스페인으로부터 독립한 남미대륙 많은 국가에선 시인, 소설가 문학인을 선진국 대사로 내정, 격이 있는 교류 맺기에 중점을 두었다는 여러 장르의 글을 읽어 볼 기회가 있었다.

가까이에서 실제의 인물 예를 들자면, "나를 거꾸로 털면 글이 쏟아진다"라는 말을 남긴 학자 문인 대통령 '도밍고 파우스티노 사르미엔토' 아르헨티나 대통령과, 서울에서 한글번역 시집을 출간한 대한민국주재 아르헨티나대사 루벤 벨라 씨는 예외가 될 수 없다.

이 글을 쓰는 지금 나 자신은 정작 무슨 생각이 들기에 문학과 정치의 관계에 대해 이야기를 하게 되는지 말할 수는 없지만, 안토니오 스카라메타 작 세계문학선집 ≪네루다의 우편배달부≫ 주인공 파블로 네루다에 대한 흥미 있는 이야기를 해 볼까 한다.

군정과 맞섰던 아젠데 칠레 대통령과의 경선을 포기한 민중시인 파블로 네루다는 투쟁보다는 감동을 선사하는, 모든 칠레 국민과의 변화 혁명을 희망하는 혁신동반자의 길을 선택한 항의 항쟁 시위 시인이었다.

까마득한 후배 시인, 가난한 농어민 귀천 모든 사람 사귀기를 좋아했고, 망각 늪에서 건져주는 정계인 모두에게 교감을 주는 노래 작가였으며, 대통령 후보지명보다는 노벨 문학상을 바랐던 문인 파블로 네루다였었다고, 자주 만나던 그를 잘 아는 문우들은 말한다.

작가가 법정 서기는 물벼락 뒤집어쓰는 느낌일 것이라고, 문학은 시사 정치완 성향이 별개라는 생각에 작품 속에 푹 빠진 시인, 창백한 과거 억척의 부산물을 헤집어 알몸 드러낸 공간에서 입 맞추고, 맛과 멋, 화끈한 시 사랑 꿈을 이루고픈 끝없는 욕망에 매여 산티아고 120여Km 떨어진 곳, 검은 바위가 많은 해안 두 집뿐인 마을 이슬라 네그라(검은 바위섬)를 사랑하게 되었고, 닭 개들에겐 무용지물인 길가에 설치한 신호등과도 같은, 파블로 네루다는 분명 몽유병 환자는 아니었을 치료법이 없는 시 사랑 중증 환자였다.

"뜻이 통한이라면 시는 시인의 것이 아니며 읽는 독자의 것이다"

파블로 네루다가 머물고 있는 집 두서너 채 작은 마을 단골 우편배달부 마리오의 의미 있는 말처럼, 시상을 찾아서 파블로 네루다에 의해 마을이 생겨나고 그의 혼이 묻혀 있는, 찾는 자 많은, 주인인 이슬라 네그라.

섬이 아닌 해안 작은 마을엔 감미로운 철새들의 노래, 진주조개들 속삭임이 끊이지 않음은 물론, 순간순간 넘실거리는 파도가 바위섬을 두드리는 곳, 푸른 바다를 좋아해 초록색 잉크를 즐겨 쓰는 시인 파블로 네루다는 그곳에 혼신 다해 마을을 만들고, 바다 갈매기 벗 삼아 죽음까지 이르고 싶은 꿈을 꾸며 수집벽에 의해 칠레 해안 외진 휴양지 네루다 박물관을 설립하였다고 하지만, 지금은 뜻있는 세기의 문인들, 관광객이 즐겨 찾는 명소가 되었다.

질투심으로 일렁이는 포구의 부드러운 백사장마저도 잡아 매지 않는, 휘영청 밝은 달빛 밤바다 속삭임을 들으며 잠이 들고 일상의 빵처럼 해안의 평화를 만끽하는 복화술사 시인 파블로 네루다, 그는 꺼지지 않는 열망의 깊은 뜻은 민주화 운동 횃불을 든 인간의 권리를 주장하는 국민적 시인이었다.

민중 시인 파블로 네루다, 서슬 퍼런 군정에 의해 최후를 맞이하고 산티아고 공동묘지에 그의 시신이 안장된다. 공동묘지에 시신을 안장하면서 활화산처럼 타오르는 민주화 불을 끄려고 했고, 꺼질 것이라고 믿고 시도했지만, 파블로 네루다가 불을 지핀 칠레 국민의 민주화 운동은 막지 못했다.

군정 종식 20여 해가 지나서야 그가 묻히고 싶어 했던 칠레 남태평양 바다가 바로 눈앞에 보이는 곳, 파블로 네루다의 영원한 안식처 이슬라 네그라로 시신을 이장, 민중 시인 파블로 네루다의 혼은 여기 작은 도시에서 강렬한 시적 민주화 염원 정신을 불어 넣는다.

3부

누이

사투리의 매력

우리의 한글 우리말
두툼하고 정겨운 사투리엔
그 지방 고유의 문화사랑 엿보인다

끌림이 있는 언어이다
어머니 손맛 토속음식 그리워지고
지구촌 부에노스아이레스
어른 공경 효심 예절을 가르친다

이국에서 만난 동포애로
고향의 언어 방언으로
어느 때엔 슬프다고 힘겹다고
기쁠 때엔 민속잔치 웃음잔치

바꿔 쓰고 나누고 융숭한 대접
다정다감, 문화의 꽃 사투리 매력
초승달 고향 꿈이 보여 더없이 좋았다오

송화 현몽

간밤에는
무구한 어린 시절의 고향마을
맑은 시냇물 흐르는 언덕배기
늙은 소나무 가지에 피울 법한
백 년 기다린 전설의 행운꽃
파란 이파리 하얀 꽃잎 송화 꿈을 꾸었네

들꽃만 바라보아도 반갑고
근심 중에도 기분이 좋아지는데
장잠 누에 바라보는 마음 이와 같을까
눈인 듯 희고 고운 미인 송화
복 받아요 송화 현몽 축복을 누립시다
거리로 나가 춤이라도 추고픈 이국의 이 아침

지난밤 송화 현몽을 돌이켜 보면
역경보다 두려운 외로움
울지 못해 가슴으로 울어 목메이고
남 말 내 말 하고 싶은 말은 못 해도
달빛 차가운 밤 메밀꽃 물보라 파수꾼
팔을 벌린 허수아비 정직함 마음 담아
정직은 티 없는 삶의 참된 미학일 터

공연히 애먼 일일랑 만들지 않으리
유리 벽 저편 희망봉에 이르면
그때는 내 영혼의 노래를 부르겠노라
굴곡지고 질퍽한 비탈길의 청빈
어제 일만 같은 역동의 순간들
지난밤 송화 현몽 보은은
꿈결이었지만 그야말로 마술 같은 축복이었다

흉허물 많은 내가 복을 받아 누린다함은
아버지, 아프지 마세요
오래오래 건강하세요
산자락에도 새살이 오르는 딸자식 문안 효심
가난 중에 흠 없이 태어나서
늙어서까지 자식 등에 가난 짊어지게 하랴
환상적이던 꿈의 현실이 내 마음 안에 이른
고운 단풍으로 물든 황혼의 진미를 일컬음이라

내일 만일 내가
구천 고분가는 그 날이어도
꿈과 희망이던 당당한 노인
고결하고 고매한 이름 석 자

인생삼락 그중의 하나이었을
청천 백운 만 리 송화 꿈을 꾸었으니
지당 이화 호는 송화로 남을 일이로다.

고향 이뿐이

고향을 떠난 사람아
고향은 버리지 말아요
부모 형제 기다리는 당신의 고향

봄이 오면
연보라 감자꽃 장다리꽃
벌과 나비 아지랑이 종달새
밥을 짓는 이뿐이 당신을 기다린다네

고향을 떠난 사람아 고향을 버리지 마오
송아지가 엄마 찾는 어머니 품속 같은 고향
저녁연기 모락모락 밥을 짓는 이뿐이
오매불망 당신만을 기다리는 고향.

※ 초등학교를 갓 졸업하던, 그러니까 1960년대 초일 거란 생각이 든다. 그 당시 초등 졸업생 나이는 감성이 예민한 15~17세 사춘기 중학교 졸업 연령이었다. 비록 귀퉁이가 해진 포켓용 시집이었지만, ≪옥단춘≫이란 시집을 손에 들고 다분히 흥미와 관심이 끌리며 문학의 높은 벽을 바라보는 눈을 뜨는 계기가 되었다. 조선 세대의 열애 이야기를 노래한 시집이었다. 춘아춘아 옥단춘아 버들잎에 옥단춘아 ≪옥단춘≫.

구한말 고을 원님 댁 장자의 애절한 사랑을 노래한 시집이었다고 말해야 될까, 짐작하건대 포천읍 어느 꿈 많은 문장가의 시집이었던지, 아니면 월북작가가 남기고 간 시집이란 생각이 들었던, 작가 기억은 없지만, ≪옥단춘≫이란 시집을 읽은 덕에 1970년 초 타관 대구시에서 일과 후 독서와 일기 쓰기에 열심을 내게 되었고, 외로움과 그리운 생각을 잠시나마 잊으려고 태어나서 자란 고향을 그리는 자작시를 지어 필기해보는 습관을 들였다. 낮은 언덕 양지바른 산자락 노란 버섯지붕 시골 마을의 아늑함 '고향 이쁜이', 그림으로 그려서 액자에 담아 걸어도 괜찮을 것 같다는 생각이 든다.

어머니의 솜버선 온도

찬바람 송년 자선냄비
뗑그렁 소리 울림은
그림자처럼 따라붙는
가난의 기억
언 발 녹여주던
어머니의 솜버선 온도

유난히 추웠던 그해 겨울
희미한 석유등 아래서
한 땀 한 땀
솜버선 지어 신겨주시며
발은 얼지 않겠다
흐뭇해하시던 나의 어머니

세상이 온통 하얗게
맹추위 가난을 울리지만
몸도 마음도 얼어붙지만
내 지금도
어머니 솜버선 사랑 온도는
12월의 언 가슴 녹여준다.

아버지의 그늘

어머니 품속
소중히 간직한
빛바랜 흑백 사진
너의 아버지이시다.

홀어머니 그 시절은
당신만을 그리워하기엔
너무나 무기력해진
그 감당 어려웠기에

어린 나이 그때엔
의붓아버지 아들
저 애가 최 목수 아들 맞아?

씨는 거뒀네
촌로의 빗댄 말
유복자의 눈물

그 말에 얼마나 고독했는지
부끄러웠는지
얼마나 분했는지

한 마리 나비 되어
훨훨 날아서
아버지 곁으로 가고 싶었지

반듯하게 가구를 잘 짜셨다는
목수이셨다는 아버지
아버지 품이 그리워서
아버지의 그늘이 그리워
아무도 없는 어둠 뒤에서
아버지!
대답 없는
아버지 목놓아 불렀지

한 해 한 해 나이 먹고
세월은 그렇게 흘렀지
세상엔 좋은 사람이 있기에

외롭다는 것
무언가 꿈을 꾼다는 것은
자신을 돌아보게 하는
강력한 힘이 있다 하기에

편견 없는 사회
나에겐 엄격 남에겐 배려
마지막까지 꿈을 꾸면서
새로운 것에 도전하는

그 무엇과도 바꿀 수 없는
소중한 나의 영적 재산
나의 모든 잠재력 재능
가능했던 아버지의 그늘.

석유 등불

옛적에
외딴 오두막집
창틈 새 빗긴
희미한 불빛
측은함보단
그렇게
따듯해 보이고 정겨웠다
어둠을 밝혀주던 석유 등불
늘 그렇듯 가난한 밥상머리
오순도순 웃음배도 불렀지

세상 곤히 잠든 밤이면
쟁반 옥이 구르듯 청아한
글 읽는 소리 어둠이 깊어지던
가난한 눈엔 지식을
빈 그릇에 의식을
굶주림엔 희망의 빛 석유 등불

동지섣달 소매 깃 꽃샘추위
도둑바람 싫다고 도리질하던
초가삼간 밝혀주던 추억의 석유 등불.

누이

고향의 흙내음보다 더한 그리움은
수많은 삶의 변화를 겪으면서도
변치 않은 아름다움으로 남아 있는
때 묻지 않은 소년 소녀의 우정이었네

노란 초가지붕은 오순도순
담장이 낮았던 고요한 마을
앞동산 양지쪽 분홍진달래꽃
산골짝 해동 물소리도 정겨울 때였지

수더분하고 소박하던 소년 소녀가
초입 오솔길을 둘이서 걸으며
굳이 말을 대신해 웃어주던 해맑은 미소
따듯한 정이 싹트던 그때를 기억할 줄이야

마냥 수양버들의 계절인 줄 알았는데
매일 수묵화를 그리는 줄만 알았는데
오늘 낙조에 붉게 물든 땅끝마을에서
가눌 수 없는 그리움이 풋잠을 깨우네.

백조의 두 발

덥석 일을 저지른다기에
간도 내려놓고 담마저 떼어냈더니
세월 가면 나아질 줄을 알았는데
끊고 맺지 못하는 쓸개 빠진 사내란다

귀마개 이공을 굳게 닫았고
밝아진 눈 이마저 무겁게 감기로 했다
보고 듣고 다 이루리라면서
어느 시절 입신의 평정을 얻으리오

환상의 호수, 백조를 말하기까지
두 발 물밑 수고를 기억해야 하리.

민박집

뒤에서, 곁에서
서둘러 가자 않는데
몫으로 받은 아흔아홉 굽이 지팡이
마구 휘두른 물질 만능 반항심
자존심마저 큰 소리로 꺾이고
해 질 녘엔 더딘 걸음 짐이 되어
붉게 노을 진 서산낙일 맑은 시냇물 소리
다리 건넌 작은 마을 민박집엘 가게 되었지

나지막한 초가마을 한가운데에
고택 한 채 경이로이 돋보인 마을은
호박 덩굴 낮은 황토 담장 넘어 들어차고
또 어떤 집은 커다란 밤나무 한 그루가
찌그러진 초가를 살찌우는 조그만 산동네

그 집
밤나무 집 뒷담을 돌아서 가면
좁은 길을 따라 조금은 외진 곳
유심히 보지 않으면 버려진 농가인 듯한
아주 낮게 쓰러질 듯한 집 안에서
오순도순 밥상머리 함박웃음 새어 나오는

사람 온기 촉촉이 묻어나는
아늑한 마을이었지

문명에서 오는 질병
문명으로 치료되지 않는다 했던가
무거운 마음 짐을 내려놓고 싶어질 때
예외 없이 문득 생각이 나서
하루 일을 미루더라도 새벽 첫차로 가고픈
잠시 현실에서 벗어나 있을 만한 그곳

마을 앞 통나무 이정표 운치 돋보이는 쉼터
텃밭에서 방금 따온 애호박
매콤한 풋고추 송송 썰어 넣은
보글보글 끓는 질그릇 된장찌개 밥상
막장 깻잎 상추쌈 한 잎 가득
너스레까지 버무려서 배 채우던 기억

사는 게 다 그렇지 별거이던가
황소처럼 일만 하는 부의 철학이던
하루 종일 열창하는 매미 인생이던
세월 이기는 장사는 없다

지성만이 무르녹게 마련이다
인생 연륜 촌로의 연초 향 운연 덕담

이방문화 익숙해진 억겁의 나이이지만
늘 그립고
한 번쯤은 다시 찾아가고픈
산세 맑은 시냇물
새소리 정겨운 산동네 민박집.

망향 1

잘 살아보세
잘 살아보세 소용돌이 보릿고개
지금만 같은 열정이면
내 가족 위한
이 몸 하나쯤이야
호기심 부추긴
남미풍 느림의 미학
망설임 없이 택한 열대 낭만
태평양 건너온 현실은
고국의 열 배 이십 배 고생
구름처럼 밀려오는 향수마저
그건 사치라고 여겼었지
하루 빵 살 돈
앞가림에만 열중할 수밖에 없었던
그 시절 누구나 겪어야 했던
이방인의 모진 삶에서
맺기 어렵고
헤어지기는 더욱 어렵다는
동포 우정
서로 잘 알고 지내다가
영주귀국한 지인의 빈자리

새 가정 이루고 출가한
자식들의 썰렁한 빈자리에는
이민 보에 고스란히 싸서 가지고 온
고향의 흙 내음
맹추위 가난에도
봄이 움트던 채마 밭 노란 배추꽃
이랴 어야
묵은 논갈이 쟁기 멘
눈 큰 황소 워낭소리
아무런 꺼림 없이 굽어 흐르는
청량한 시냇물 소리만
사람이 그립고 정 그리운
허전한 가슴을 채우고 있네.

망향 2

창밖 산자락
벌거벗은 나무숲
매양 느린 듯하던 가지에서
연둣빛 잎이 돋아나고
낮은 산봉우리엔 어느새
초록으로 물드는 초가마을
초입 촌스럽게 민들레 피는
산동네에서 태어나
어린 나이에 몸에 익은
품앗이 농번기 구슬땀
보릿고개 허리띠 졸라매던
농사일 정말 싫다며
고향을 떠나온 타향살이지만
늘 푸른 청잣빛 가을하늘
코스모스 피는 흙먼지 시골길
연동 푸르던 포천 읍내 냇가에서
물장구치며 손끝에 물을 찍어
우정을 약속하던 친우여
어둠 짙은 동구 밖 기차역
기적이 울 때마다
마음은 어느새 고향에 있네

망향 3

해방과 사변
보릿고개
허리띠 졸라매던
할아버지 나이
서원마당 벚나무 한 그루
가난에도 일찍이 꽃을 피워
민심도 훈훈하던
조용한 산동네 어린 시절
햇살 겨운 냇가에서
송장구리 물장구 해 지는 줄 모르던
깨복쟁이 죽마고우
지금은 어디에서
내 이름 기억이나 하고 있을까
생각하면 까마득한 옛이야기.

내 고향의 맛

삼복더위 명성 산골짝
발 시리도록 맑은 물
신록 바람 검푸른 상수리나무
맴맴 매~ 시원히 매미 울어주던 고향

노릇노릇 잘 익은
죽죽 찢은 녹두빈대떡
쭈그러진 주전자 꼭지 황금물결
고유 민속주 군침 솟는 포천막걸리

시작은 사람이 술을 권했지만
어우렁더우렁 술이 술을
빈객이 배 불리어 쉬어가는
내 고향의 맛 포천막걸리

자네 한 잔 자네도 한 잔
오장육부 드러낸 사내들 무쇠 심성은
반항인지 풍자인지 허풍선이 區區不一
멋스럽게 한바탕 웃었으리

어언 반세기 타국 정서
토박이 맛에 익숙해 있으련만
늘그막까지 혀끝 감도는 오감
오늘 사르르 구름 타는 멋
가을엔 코스모스 피어 하늬문
향토 진한 그 맛 내 고향 포천막걸리.

마음의 고향

서른다섯 해만의 고국 방문
봉분 무너지고 떼 잔디 벗겨진
오랜만에 찾아뵌 조상님 묘

누님께서 늘 걱정하셨을 선산 묘 정리
가스불에 유골을 소각한다는
그 과정이 선뜻 내키지 않았지만
육중한 기계를 동원 흙을 파 헤집고
인부에 의해 추려진
조부님 백부님 그리고 아버님의 유골

신문지로 마련한 제상엔 마른 북어포
차디찬 막걸리
지관의 음복
묫자리에 재를 뿌리는 화장예식을 치렀네

팔십억 겁의 누님
연배이신 외숙부님 고종 누님
누님을 동반한 장조카
음력 정월의 썰렁한 선산 조상님 묘 정리는
각별히 관심 두지 않았던 양지바른 산자락

가지런히 정돈된 가족 봉분 묫자리가
왠지 의미 깊게 부러움의 눈길을 끌게 한다

깊은 시름 잠길 때 삶이 힘에 겨울 때
고향 동산 조상님 묘를 생각나게 하더니
오늘은 어머니 고향처럼 멀리 보인다

내 몸져누울 날이 오면
마음 기댈 선산 아버님 묘 잃은 서러움 어찌할꼬
봉분 호석을 쌓았더라면
생각하면 멍하니 맥이 빠진다.

陽刻 문자

세계문화유산 등재 팔만대장경 8천여 장 중 핵심
마하반야바라밀다심경 화엄경변상도
합천 해인사, 천년 세계문화축전을 엿본다

천년 전 타임머신으로 돌아가 보면
그 많은 목재 구해 바닷물 담금질
다듬고 가공한 일정한 규격
수십만 불경 글을 목판에 새기는
볼록 튀어나온 양각 글
참으로 놀랍다

몽고 침략 난 중에도 물리치려는
대장경 완성하려던 인내의 고려인
볼수록 선인들의 엄숙함, 집념
후세에 물려준 고귀한 문화유산

관람인의 관심사는
보고 즐기고 느낌 감동 동질감은 필수이어야 할
최소한의 예의요 갖추어야 할 책무라지만
아득한 역사 속으로 사라질 수도 있는
조상의 소중한 혼 관심 기울여 볼 일

만만이 차이 나는 컴퓨터 타자기 문화
하루만이면 몽땅 다 베껴낼 초속 문학
철대가리 없는 표절 외설 난해한 시연
심사 평론하는 지성 문인도 인정해 주는
탈 많은 우후죽순 방언 현혹 중시 글들

섬세한 양각 글이 완성되기까지의 혼신 노력
크게 소리 내어 읽을 때엔 속이 시원하다는
맑고 왕성한 정신 한 아름 품격도 으뜸인
국보 32호 팔만대장경 볼록 튀어나온
목판에 새겨진, 수십만 불경의 양각 글

진가 진리, 멀리 높은 곳에서 찾지 말고
확대경 없이도 깨닫는 빛나는 역사예술
양각 글이 슬퍼하지 않도록, 잠시
눈 한번 지그시 감고 기억해보는
陽刻문 예찬.

두 아들의 어머니

1978년 2월 2일 월맹의 구정 3차 공습
그리고 월남 종전

이웃 월남댁 친정나들이 따라나선
호치민시 역사박물관
70평생 삶의 의미를 상실하는
억장 무너지는
산물이 될 줄은 생각조차 못한 어머니

월남 참전 맹호부대 전사자 게시판 인명록
다소 뚱뚱한 철모 쓴
육군 중령 최일선 지휘자
늠름한 작은아들 철호의 예전 모습

바로 옆 북한군 전사자 인명록엔
설마
단번에 눈에 들어온 전투복 차림 바짝 마른 체구
올곧은 눈빛 싸늘한 월맹군 고문단장
학창 시절 월북한 큰아들 인호 사진이라니

1978년 2월 2일 낯선 이국땅
같은 시간 동일 장소 운명적 격전 현장엔
형인 줄 동생인 줄 서로 모르고
사상이념 적대감
겨눈 총부리에 산화한 두 아들

원망스러운 신의 가호
비애 앙금 노랗게 변한 하늘
식음 전폐
말문 닫힌 통한의 어머니
저 하늘나라에 가서
두 아들분 씻겨 화해시키리라

운명의 혼신마저 얼어버린
그해 겨울
차디찬 한강교 다리난간 모서리에는
절규하는 모성애 흔적만이 남아 애통한다

삼가
고인의 넋을 기리며 哀悼 고합니다.

좋은 친구, 친구들 세상

나에겐 이러한 친구가 있다
아주 멀리에 있는 친구
가까이에 있는 친구
뜬금없이 생각이 나는 좋은 친구

어려운 일 당했을 때
피하지 않고 발 벗고 앞장서준 친구
허세보다는 조금은 바보스런
비겁하게 속이거나 비굴하지 않은
솔직하고 진실한 친구

그 친구 잡기에 소질이 있어서
지는 데엔 못 참는 친구이지만
내가 던진 속임수에 빙그레 웃어주는
봄이면 꽃 내음 소식 전해주고
노후의 아름다운 인생 이야깃거리
내가 부족하고 가진 것 없다 해도
친구 삼아 믿어주는 그리운 친구

세월 버거워 애석하게 곁을 떠나는
친구여 잊어선 아니 될 우정이여

이 말만은 꼭 하고 싶군요
천만 번 생각해 보아도
그대 좋은 친구와 함께하는
친구들만의 세상은 참 아름다웠다고.

월남전 만섭이

만섭아! 만섭아!
동네 할머니 할아버지
익숙해진 이름 만섭이는
하루에도 몇 차례 또르르
돌다리를 건너다니며 물놀이하던
깨복쟁이 둘도 없는 나의 죽마고우였지

아마도 검은 바위가 많아서
마을 이름마저 함바위이었을
노란 버섯지붕 오순도순 정겨움
눈 덮인 솔숲 머리 숨긴 꿩 사냥
이 모두가 아련한 기억뿐인데

부산항을 떠난 파월 장병 만섭이가
나 죽으러 간다던 취중에 남긴 말
친구야, 친구야 보고 싶은 친구여
영영 돌아오지 못한 그리운 친구여
어머니 텅 빈 가슴앓이 어떡하라고

비 오듯 퍼붓는 총탄 피해야 했던
그게 어떤 자식인데

크게 야단친 적 없었다며
잡은 내 손 풀지 못하던 만섭이 어머니

내전에는 남편과 딸을
월남전에서는 아들 잃은
이념 전쟁의 처절한 원망의 촉

차디찬 검은 바위에 새겨진
현충원 국군 묘지 이름 석 자
오늘도 마음 산 오르내리는
깨복쟁이 죽마고우 월남전 만섭이.

기저귀

아이들이 어릴 적 아내는
산더미처럼 쌓이는 젖은 기저귀 빨래
젖먹이랴 밥 지으랴 집안일 하랴
오직 꿈과 희망은 자식 잘되라는 모성애기도
토닥토닥 에구 내 새끼 피곤을 잊고 행복해했다

노환의 시어머니 누워계실 적에는
미음 죽, 구린내 어른 기저귀 간병
옛적 시어머니 고우심이 생각나 마음을 아프게 했다는데

열 달 배 아파 낳은 아들인 나는
어언 일로 저토록 건강이 허약해지셨는지
거동 불편해 넘어지시는 어머니 안쓰럽고
바라보지 않으리라 고개를 돌리고 싶은 마음뿐이었다

고우시던 아들 바보 나의 어머니
어리석었던 그때의 고얀 이 아들은
세상을 부대끼며 헤매 돌다 어머니 나이가 되었습니다.

그리움이 낙엽 비처럼 마음 적시는 계절이면
소외감 불효막심 가슴 적시는 참회의 눈물
어리석었던 그때의 못난 아들을 꾸짖어 자책한다

늙고 병고에 누운 육신 서러운데
넘어질세라 행여 다칠세라
살을 베어 키운 자식의 괄시라니

갓난아기 기저귀는 향기롭고
어미 기저귀는 그토록 수치스러웠더냐
순리의 인생 기저귀 손길 저버린 자식의 불효 무지.

송도의 기억

그때 내 나이가 미숙하여
아직 보고 느끼며 깨닫지 못한
새로운 지표를 얻어보리라
마음이 이끌린
해 질 무렵 송도부둣가

세상 모두를 품었을 듯한
수평선 낙조에 붉게 물든 서해바다
형용할 수 없는 경이로움에
예감이 적중했다고 생각했었지

어둠이 짙고 안개비에 옷이 젖는 듯
밀물이 불어나 조약무덤 잠길 즈음
오랜 시간 목마르게 때를 기다렸을
제 키 다섯 배 공중제비 꼴뚜기도 보았지.

저토록 기뻐하며 감격해하는 꼴뚜기
난 바다로 밀려간 물이 차오르기까지
집요한 꼴뚜기의 기다림
하물며 영이라는 명으로 태어난 사람이라면!

하루를 마무리하는 어부들은 행복해하고
내 마음 발걸음 깃털을 달았네
어둠이 화들짝 놀래도록
그때 나는 큰소리로 나의 꿈 노래를 불렀지.

미더움의 시선

낮은 산장을 흐르는
한겨울에도 얼지 않는
산동네 빨래터
아침나절은 아낙네들
한바탕
우스개 수다 마당이라는데
그녀들이 돌아가고 나면
방년의 나이
소복 단정한 청상과부
그녀 혼자 남아
똑딱똑딱 빨래를 했지.

찬물에 슬픔을 헹구던 여인은
난 이제 어떻게 해야 하나요
행여 바라보기라도 하면
피하고 싶지 않은
총민하던 미더움의 시선
나는 가던 걸음을 멈춰 서곤 했지

늙으신 홀어머니와 살고 있는
찌그러져 가는 집

호롱불 밝힌 그녀의 빈방은
똑딱똑딱 똑딱똑딱
잠 못 이룬 다듬이 소리
밤새들도 다듬질 그 마음 아는지
부엉이 두견이 그렇게 구슬프게 울었지

홀로 긴긴밤 슬픔으로 지새웠을
눈빛 총민하던 빨래터 여인
그녀의 미더움이 스며들어서일까
미더움의 시선을
망향의 화폭에 고이 담아 그리고 있네.

대척점 고국 방문

12시간 앞서가는 서울
낮은 대화 가득한
옛 운둔의 왕국

회색빛
마천루 바라볼 생각
유유히 굽어 흐르는
한강물 바라볼 생각을 하니

눈물 나도록 내버려 두면서
그때 천천히 나를 보내주던
김포공항 대합실
나의 소중한 인연
아쉬운 얼굴들이 눈 앞을 가리네

몰라보게 변한
예전 모습
서로 알아볼 수는 있으려나

인천국제공항 출입구
반가운 친지 마중 생각하니
이 밤은 잠을 청할 수 없네.

시인의 말

허공에 뜬 한낮의 허튼 소문
여린 마음 마음은
초목가시에 거꾸로 꿰어 매달린
복잡다단한 생각에 혼돈하는 나

내숭 떨며 눈감고 미소 짓는 사회
절개 없이 놀아나는 화류 여인
그녀의 늪에서 헤매었을
늦깎이 눈을 뜰 수 있었던 지난 허세

추적추적 내리는 고요한 미명엔
가랑비 젖은 영혼 남루한 육신은
텅 비인 위장을 가득 채우리라는
별시 산시 요요하고 답답하지만

배고픈 소크라테스라 하였던가
해망쩍고 옹색해진 웃음을 짓자
내 안[內心] 사람은 살진 돼지요
무작위 댕기 치레인들 마다치 않으리.

결혼하기 전 일기장을 슬그머니 휴지통에 구겨 넣었다. 박행(薄倖) 기억을 지우기 위해서였다.

외롭고 고독했던 추억은 홀로 간직할수록 아름다운 진미다라고 하지만, 깊은 밤 등 굽혀 사전을 뒤적이면서, 나는 해냈다는 자부심을 스스로 대견하다고 여긴, 미숙한 어필에 양심 찔린 '게꽁지 주변'임을 고백한다.

부에노스아이레스가 곤히 잠든 깊은 밤, 창밖에는 하염없이 비가 내리고….

최태진 시집

송화 현몽